KB080428

문 뒤의 세계

책고래청소년 01

문 뒤의 세계

2024년 2월 28일 초판 1쇄 발행

글 김현경 외 **편집** 우현옥 **디자인** 김헌기
펴낸이 우현옥 **펴낸곳** 책고래 **등록 번호** 제2015-000156호
주소 서울특별시 서초구 강남대로12길 23-4, 301호(양재동, 동방빌딩)
대표전화 02-6083-9232(관리부) 02-6083-9234(편집부)
홈페이지 www.dreamingkite.com / www.bookgorae.com
전자우편 dk@dreamingkite.com
ISBN 979-11-6502-167-2 (43800)

ⓒ 김현경 외 2024년

「김현경 시인과 열여덟 명의 청소년이 쓴 성장시」

문 뒤의 세계

김현경 시인과 열여덟 명의 작은 시인

책고래

작가의 말

한겨울 땅속에 심은 씨앗이 나오기를 기다립니다. 아무리 기다려도 같은 모습이에요. 씨앗이 나올 것 같지 않아 포기하고 싶을 때, 기적처럼 초록 새싹이 세상에 얼굴을 내밉니다. '노력'과 '인내'는 어디 가지 않고, 가장 좋은 시기에 나오려고 했나 봅니다.

시가 무엇인지도 몰랐던 초등학교 꼬마 친구들이 작은 손으로 시를 썼습니다. 사진 한 장에 마음을 담아 보고, 꽃이 피는 봄이나 낙엽이 떨어지는 가을에는 야외에서 시를 만났지요. 아이들은 점점 자라 중학생, 고등학생이 되었고요. 이제는 시 쓰기를 제일 좋아하는 작은 시인이 되었습니다.

우리는 사춘기를 시와 함께 보내며 성장했습니다. 울고 웃던 시간이 아름다운 추억이 되었습니다. 서툴러서 더 순수했던 초등학교 시절의 시, 자신의 고민을 꾹꾹 눌러 담은 중학교 시절의 시. 모두 우리들의 성장 이야기입니다. 작은 시인들은 앞으로 수많은 문을 열고 나아가겠죠? 그 모든 순간을 진심으로 응원합니다.

너의 모든 시간

필까 말까 망설이는
분홍 목련 꽃봉오리
세상에서 가장 환한 미소의
너라는 걸

무지개 타고
하늘로 올라가는 비눗방울
너의 꿈이 담겨
더 소중한 걸

가을 햇살 아래
조심히 쌓아 올리는 소원탑
너의 소원이 이루어지길

하얀 눈 내리는 가로등 아래
밤새 너의 안녕을 기도하는
따뜻한 발자국 하나

봄, 여름, 가을, 겨울
지키고 바라보는
모든 순간이
소중한 널 위한 시간.

세상의 모든 작은 시인들에게

얼마나 소중해? 지금 너희의 시간이.
얼마나 예뻐? 지금 너희의 그 모습이.
두렵더라도 문을 열어 봐. 마음의 문을, 세상의 문을.
어떤 세상이 펼쳐져 있어? 어떤 세상을 꿈꾸고 있어?
상상해 봐. 너희가 원하는 그 모든 것을.
이 순간에도 너희의 문이 열리고 있어.

함께 시를 쓰는 시인 선생님 **김현경**

김현경 시인과 제자들의 시집을 설레는 마음으로 오랫동안 기다려 왔습니다. 모든 아이들은 시인으로 태어난다지만 서투른 글 속에서도 보석을 발견해 내시고, 다 쓴 글도 여러 번 다시 읽고 고쳐 쓰게 하신 눈 밝은 김현경 선생님의 다정함과 예민함이 없었다면 이 책은 세상에 나올 수 없었을지도 모릅니다.

이 책에는 한두 번 이벤트처럼 쓴 시가 아니라 초등학생이었던 아이들이 고등학생이 될 때까지 오랜 시간 함께 읽고 쓰고 나눴던 추억들이 은하수처럼 빼곡히 담겨 있습니다. 또한 이미지, 콜라주, 투사 기법 등 김현경 시인의 특별한 시 창작 노하우도 함께 실려 있으니, 시 쓰기를 가르치고 싶은 교사나 부모님들께서 읽어 보셔도 좋을 책입니다.

무엇보다 시를 처음 접하는 아이들이 시를 너무 어렵고 거창하게 생각하지 않았으면 좋겠습니다. 평범한 일상 속에서도 끊임없이 감탄할 거리를 찾아내고, 우리 주변에서 흔히 만날 수 있는 작은 생명체에게도 먼저 말을 걸어 준다면 누구나 시인이 될 수 있습니다. 외롭고 심심할 때 시가 여러분의 친구가 되기를 바랍니다.

개포초 교사 이은주(설리번 리)

9

차례

작가의 말

추천사

1부
작은 시인들이 시에게 (작은 시인의 인사)

김현경 시인의 시 코칭

3부
봄은 겨울에서 온다 (콜라주를 활용한 시)

김현경 시인의 시 코칭

김현경 시인의 시 코칭

5부
나는 어둡지 않아 (시조)

김현경 시인의 시조 코칭

6부
비의 이야기

1부

작은 시인들이 시에게

작은 시인의 인사

　작은 시인들이 처음 시를 쓰던 모습을 생각하면 여전히 가슴이 뭉클합니다. 행과 연이 무엇인지도 모르던 꼬마들이 어느새 시를 쓰는 것이 제일 좋다고 하네요. 작은 시인들이 그동안 썼던 시 중에 가장 아끼는 시를 담았습니다. 작은 시인들에게 시는 어떤 의미일까요?

화채 열차

김대현

수박을 풍당풍당 사이다에 넣고서
무지개 과일들을 사사삭 썰어 넣고
동생과 숟가락 전쟁 눈치 싸움 한바탕

무더위 친구들과 재밌게 놀다 와서
신나게 달려가는 입속의 화채 열차
펑펑펑 빨간 폭죽이 입안에서 터져요.

처음에는 시를 쓰는 것이 많이 어려웠습니다. 하지만 계속 시를 쓰면서 점점 시를 쓰는 것이 재미있게 느껴졌습니다. 시의 주제와 소재를 생각하면서 시상을 떠올리면 마음도 차분해졌습니다. 앞으로도 내 마음을 솔직하게 담은 좋은 시를 쓰고 싶습니다.

코스모스

김도연

꽃 한 잎 한 잎에
한 가지 맛 또 한 가지 맛
다 달콤하고 새콤하네

바람에 묻혀서 솜사탕 맛
햇볕을 받아서 딸기 맛
비가 와서 블루베리 맛

한 잎 한 잎에 색깔도 알록달록
솜사탕은 파랑
딸기는 빨강
블루베리는 보라
알록달록 맛도 색깔도 좋네.

처음에는 시 쓰기가 어려웠죠. 하지만 이렇게 계속 쓰다 보니 어느샌가 제가 많은 시를 썼고 시는 저의 친구가 되었어요. 만약 시를 처음 써 보는 친구들이 있다면 그저 시를 시켜서 쓰는 것이 아닌 갑자기 어느 날 쓰고 싶어질 때 쓰는 연습을 하면 좋겠어요. 그럴수록 더 좋은 시들이 나오지 않을까요?

저에게 시란, 또 다른 내면의 나를 찾아 주는 존재입니다. 평소에는 느끼지 못하는 감정들도 시를 쓰게 되면 다시 나의 내면에 대해 더 잘 알 수도 있기 때문이에요.

고양이 엄마

노하율

추운 날씨다
그런데도 고양이는
먹이를 찾아 요리조리
기웃거린다
어쩌면 엄마가
나를 걱정하는지도 모른다

추워하지는 않나?
배는 안 고플까?
감기가 심해지면?
힘들어하지는 않나?

그런 생각이 들면
내가 고양이 엄마를
꼬옥 안아 주고 싶다.

최대한 내 마음과 주어진 주제에 연상되는 소재를 '나'라고 생
각하면 시가 잘 써져요.

　　시를 쓰는 사람들이 많아져서 앞으로 시집을 더욱 많이 읽으
면 좋겠어요.

가을에게

문서진

붉게 웃음 짓는 단풍잎이
도화지 같은 하늘에 남을 수 있도록

춤추는 바람이 붓이 되어
도화지를 누릴 수 있도록

우리의 벅찬 마음이
가을을 무대 삼을 수 있도록

마법 같은 가을이
외로이 걷는 이들에게
속삭이며 전해 주기를.

저에게 시는 저의 꿈을 담은 하나의 성장 일기였습니다. 그 속에서 때로는 절망하고 때로는 행복한 상상의 나래를 써내려 갔습니다. 꿈 같은 상상을 담은 시, 희망 넘쳐나는 성장을 담은 시와 함께해 온 일상의 소망을 담은 글귀를 더해, 이번 시집을 통해 선물 같이 다가가려 합니다.

꽃길

서도연

따뜻한 바람 따라
흩날리는 봄눈송이

내 마음도 꽃잎 따라
오르락 내리락

하이얀 벚꽃송이
손바닥에 내려앉으면

꽃잎 따라 내딛는
가벼운 내 발걸음.

시는 지나온 시간의 길을 나타내 줍니다. 살다 보면 많은 일이 생겨나고 많은 것이 생각나고 그런 느낌들의 결정체가 시라고 생각합니다. 그러므로 시는 저한테 더욱 특별합니다.

바닷가

최민권

온 세상이
행복하다고 말하는 동안
바람 가득 멀리
행복한 바다로 놀러 간다

내 마음은
하늘 가득 푸른 바다에
살며시 머무르고 싶다

시를 쓸 때마다 무슨 뜻을 담아야 하고 어떤 느낌으로 다가가야 할지 잘 몰랐습니다. 그래도 오래 하다 보면 익숙해지는 법. 저는 계속 시를 쓰고 쓰다 보니 무엇을 담아야 하고 무엇이 좋을지 느낌이 오기 시작했어요. 더욱 성장해서 더 많이 감명받을 수 있는 시를 쓰고 싶어요.

새싹

한성민

붉은 태양이
너를 반기고
꽃 한 송이가
너의 곁에 찾아온다

힘찬 바람이
너에게 안기고
비 한줄기가
너의 희망이 된다

마음속에
씨앗 하나를 심고
피어나기를 기다리며
앞으로 나아간다.

어느새 이 자리에 서 있다.
오늘도 그 길을 밟고 나아간다.
아무리 어려운 길이어도 또 한번,
아무리 힘든 길이어도 다시 한번 더 해 본다.
그 길의 끝에 성공이 있기를 바란다.

우리의 문

양하빈

보이지 않았던 문밖
우리는 서로를 잊어야 했다
언젠가는 볼 수 있겠지

문밖이 보이기 시작한다
우리는 서로를 볼 수 있다
비록 얼굴은 다 볼 수 없어도
행복한 우리이지

언젠가 우리는 서로를 보겠지
그 문은 열리고
서로의 얼굴을 맞대겠지

문은 계속 열리고 있지.

시를 쓰라고 하면 뭘 써야 할지 모르겠고 어렵기만 했습니다. 하지만 시는 써 보면 써 볼수록 늘고 재밌어지는 것 같습니다. 시로 상도 받고 내가 점점 커 갈수록 시는 나에게 편한 분야가 되어 있었습니다.

짧은 글에나마 나의 소망, 마음을 쏟아낸다는 건 마음을 편안하게 해 주기도 합니다. 저의 시를 읽고 시에 대한 두려움을 떨쳐 내고 저의 시가 많은 분께 희망이 될 수 있으면 좋겠습니다.'

가로등

김서진

하늘이 어두울 때
내가 길을 잃었을 때
네가 나의 희망이었어
너의 마음속의 따뜻함이
내 길을 찾아 주었어
하늘이 밝아질 때까지.

옛날에 쓴 시를 모아 시집을 내려니 약간 고민이 들었어요. 제 시가 다른 사람들에게 보여 줄 정도로 대단한가 싶었거든요. 하지만 시를 쓴 기억들을 돌이켜 보면 즐거웠던 기억밖에 없었더라고요. 제 시를 다시 읽어 보니 미숙하지만 당시 느꼈던 마음들이 그대로 표현이 되어 있었어요.

어린 시절 시를 쓰는 것은 제 인생의 낙이었고 저의 상상력을 펼칠 수 있었던 시간이었어요. 지금은 마음 한 켠의 추억이 되었지만 언젠가 오랜 시간이 될지라도 다시 한번 시를 써 보고 싶네요. 저의 어린 시절을 잠깐 엿보게 할 수 있었던, 지금의 저를 있게 만들어 준 시와 그 기회를 주신 선생님께 감사의 말씀을 드립니다.

부모님

김선재

고마워요 관심사를 찾도록 도와줘서
고마워요 언제든지 나타나 지켜줘서
고마워요 행복한 추억들을 만들어줘서

잔소리 다 날 위해 해준 것 다 알지만
듣기가 싫을 때도 있어서 화도 나지만
사랑해요 조금 더 이해하고 노력할게.

시는 저에게 즐거움, 자신감을 주었고 글쓰기에 관심을 가지게 된 계기를 선물해 주었습니다.

글쓰기는 재미없고 어려운 것이라는 생각에 시도조차 하지 않았던 글쓰기. 초등학교 때 글이 술술 적어지는 것에 재미를 느꼈고 지금까지 좋아하게 되었습니다.

시는 저에게 진주입니다. 아무 관심 없이 껍데기 속에 감춰져 있다가 밖에 나와 큰 가치를 발휘하기 때문입니다. 재미없을 것 같아도, 어려울 것 같아도, 시 쓰기는 자신의 창의력을 전부 끌어낼 수 있는 좋은 방법이라고 생각합니다.

나무

박상후

밝은 햇살 아래 피어난
작은 새싹
새싹은 조금씩 자라서
작은 나무가 되었다

작은 나무 하나
나무는 미래를 꿈꾼다
큰 나무가 되어
꽃을 피울 미래를 꿈꾼다.

시를 써 보니, 내 생각과 마음을 글로 표현하는 것이 힘들다는 것을 알게 되었습니다.

시를 쓴다는 것은 내 주변의 사람, 자연, 사물들과 따뜻한 마음을 나누고, 함께 대화하는 것 같습니다.

마침내 나의 마음이 이렇게 시집으로 나온다니 그저 신기하고 기쁩니다. 세상의 모든 시인은, 저를 포함해서, 멋집니다.

새벽에 끄적이는 시

심재형

새벽에 한 글자
또 한 글자

한 글자씩 새겨 가며
나의 마음을 깨우고

한 편의 아름다운
시를 탄생시킨다.

먼저 이야기를 하기 전에 앞서서 이 시집을 낸다고 전해 들었을 때 많은 생각이 들었습니다. 가장 큰 감정은 설렘이었던 것 같아요. 정말 기대가 되었습니다.

이 시집이 저의 처음이자 마지막 시집이 아닌, 이 시집 경험을 토대로 더 많은 시 창작에 도전할 수 있는 기회로 삼고 싶습니다. 아직 많이 부족하지만 저의 시들을 좋게 봐 주시기 바랍니다.

꽃다발

위지연

세상의 모든 소망
한 꽃잎에 담으면
눈부신 별의 색

어느 사람이 흘린 눈물이 모여
동그랗게 원을 그려 모이면
타오르는 꽃이 되어

수많은 꽃이 모여
만들어질 하나의 꽃다발.

등교하다 보면 항상 새들이 많아요. 특히 우리 동네에는 까치와 참새, 까마귀가 많아요. 새들은 항상 나무 속에 숨어 있어서 찾기 힘들지만, 찾고 나서 다시 생각해 보면 새들이 우리를 찾은 것이 아닌가 하는 생각도 해요. 또 놀이공원에 갔을 때는 놀이기구를 타는 것보다 건물을 보는 것을 좋아하는데, 그래서 리프트를 몇 바퀴나 반복해서 탄 적도 있었어요. 저는 이런 뜬금없어 보이는 생각이나 지나치기 쉬운 작은 느낌들을 제 시에 담아 보여 주고 싶었어요.

다시 생각해 보면 저는 논술 수업 중에서도 시 수업을 가장 좋아했네요. 수많은 생각을 단어 몇 마디로 정리할 수 있다는 것이 신기했어요. 지금도 제가 쓴 시들을 살펴보면 제 마음을 들여다보는 느낌이 들어요. 생각일 때는 스쳐 지나갈 뿐이지만, 이렇게 시로 쓴다면 처음 생각했을 때의 감정들을 다시 경험해 볼 수 있으니까요.

부족한 제 시들을 시간 들여 봐 주신 모든 분께 감사드려요. 앞으로도 시를 쓸 수 있는 시간이 많으면 좋겠어요.

별자리

이가은

아침에 별자리가
안 보이는 이유는

해가 배가 고파서
별자리를
꿀꺽 삼켰다가
뱉어서 그런 거야

밤에 별자리가
보이는 이유는

해 때문에 뜨거워졌던
별자리를
착한 바람이
시원하게 식혀 주어서야.

저에게 시란 친구나 부모님께는 할 수 없는 말을 대신 들어주는 친구 같은 존재예요. 그래서 시에게 많은 위로를 받은 것 같아요. 그리고 저는 시를 쓰면서 시가 재미없고 따분한 그런 존재가 아닌 하나의 인격체라고 생각하게 됐어요. 다른 친구들에게도 시를 써 보라고 권하고 싶어요. 저처럼 시에 위로를 받는 친구가 더 많아졌으면 좋겠어요.

탄생

이준수

늦은 밤 사람들의 함성이 들려온다
불꽃을 터뜨리며 추억을 쌓고 있다
폭죽이 하늘 위에서 번쩍이며 터진다

눈으로 간직하고 사진도 찍고 있다
오늘도 수고했어 다 같이 말해 주며
인생의 한 줌의 빛이 탄생하는 날이다.

시를 쓰니 인생을 다시 생각할 수 있는 기회가 있었던 것 같습니다. 여러분들도 시를 써 보십시오. 그럼 행복한 인생이든 불행한 인생이든 다시 한번 더 생각할 기회가 올 거랍니다.

단풍잎 행진

임성진

가을바람 살랑 와서
옷 갈아입은 단풍잎

설레는 마음 담아
가을 하늘
외치고 있대요

초대장 받고
찾아온 단풍잎 행진
너무나 좋대요

바람 불고
추운 겨울이 오기 전에
세상 구경 왔대요.

시를 하나하나 완성할 때마다, 그 시들을 친구들에게 발표할 때마다, 시는 저에게 뿌듯함과 왜인지 모를 따뜻함을 안겨 주었어요. 제 시와 친구들의 시를 읽으며 서로 공감하고 시로 소통할 수 있어서 행복했습니다.

비 온 뒤

조정훈

숲속에 큰 돌부터 천천히 쌓는다
무너져도 당황하지 말고 다시 쌓는다
돌이 무너져도 다시 쌓는다
지금 이만큼 쌓은 것도 대단한 것이다

난 항상 너의 편이야
무지개가 나에게 말한다.

저는 시를 거울이라고 생각합니다. 거울에 비추듯 시인의 감정이 녹아 있기 때문입니다.

저는 시를 쓰면서 제가 느끼는 감정을 생각해 보게 되었고 새로운 저의 감정들도 들여다보게 되었습니다. 감정 표현이 서툴렀던 저는 시를 통해 거울을 바라보듯 저의 내면을 바라보며 감정을 표현하는 방법을 배우게 되었습니다.

여러분도 시를 통해 자신의 감정을 들여다보는 기회를 가져 보시길 바랍니다.

소원탑

톡톡톡 올라간다 새하얀 조약돌이
툭툭툭 쌓여 간다 우리의 소망들이
아슬해 보이긴 해도 높아지는 소원탑

조심히 올려 보는 마지막 나의 꿈
간절히 담아 보는 내 마음속 바람들
언젠간 이뤄질 거야 기도한다 오늘도.

노래를 들으며 밤에 산책하는 것을 가장 좋아합니다. 많은 생각이 떠오르는 그 시간은 저를 또 다른 세계로 이끕니다.

시는 짧은 것 같지만 그 안에 많은 의미를 담고 있는 것이 흥미롭습니다. 그냥 스쳐 지나갈 법한 단어 하나하나에 저의 감정과 생각을 담을 수 있다는 사실이 좋습니다.

어렸을 때는 어렵기만 했던 시 쓰기가 어느새 제 마음의 한구석을 차지했습니다. 문득 떠올렸던 단어들이 모여 저의 마음을 울리는 문장이 되기도 했습니다. 시인이 되고 싶다는 꿈이 생긴 저에게 저의 시는 일상의 소소한 이야기들과 순간순간 저의 감성이 들어가 있습니다.

2부

밤하늘의 길

이미지를 활용한 시

  사진 한 장에 내 마음을 들여다봅니다. 푸른 들판에서 소원 돌탑을 조심스럽게 쌓아도 보고, 어두운 밤하늘에서 화려하게 펼쳐지는 불꽃을 바라보기도 합니다. 파란 하늘을 가득 메운 무지개를 타고 비눗방울이 되어 보기도 하지요.

  새로운 세상에서 겪는 경험은 한 편의 시가 됩니다.

키가 크고 싶어

김대현

어릴 때 심은 조그마한 새싹
나보다 작았던 새싹이
나무가 되어 나보다 커졌네

나무야!
비법이 뭐니?
나한테도 알려 줘.

고양이

김대현

물고기 한 마리를 잡으려는
고양이 한 마리
꼭 잡을 테야

밤이 되어도
고양이 한 마리
꼭 잡을 테야

아침이 되어도
고양이 한 마리
꼭 잡을 테야

꿀꺽!

가로등

김도연

어두운 밤길 무서워 헤매일 때
그 시간 그 자리에
기다려 준 친구

낮에는 숨바꼭질 놀이하고
밤에는 온몸으로 도와주는
고마운 친구.

민들레 꽃씨

살랑살랑
바람이 간지럽혀서
엄마가 아이를 놓쳤네

아이는 훨훨 날다가
땅에도 앉다가
무서워 땅속에 숨네

아침에 일어나니
엄마처럼 키가 자랐네
이제는 아기 꽃 아닌
어른 꽃 다 되었네.

하늘옷

노하율

창문에는 빗방울이
하늘에는 하얀 구름이
수평선엔 붉은 노을이
빨랫줄에 걸려 있다

손에는 빗방울 장갑을
몸에는 구름옷을
다리에는 노을 바지를
내가 입고 있다

희망의 옷을 입고
노을과 함께
내일로 나아가자.

춤추는 세상

노하율

하늘하늘 바람과 비눗방울이
춤을 춘다

아름답게 물든 노을과
높디높은 산이
함께 춤을 춘다

아름다운 별들과
검정빛 우주가
춤을 춘다.

문 뒤의 세계

문서진

문 뒤에 나타나는
신비한 꿈나라
상상 속에 자리 잡은
문 뒤의 세계들

오늘도 시작해 보는
우리들의 꿈 여행.

민들레

서도연

날아간다
저멀리

날아간다
민들레 꽃씨

목적지도 없이
자유롭게 날아간다

나도 휠리 휠리
날아가고 싶다.

새벽빛

푸른 새벽 일어나서
창밖을 보니

밖에서 떠오르는
붉은 햇빛

오늘도 창밖을 보니
기분이 상쾌하다.

해와 나무

빨간색 해 앞에 나무 한 그루
해는 나무 반쪽이랑만
놀고 싶은가 보다

해가 나무와 대화하니
다른 반쪽은 외로워 보인다

해야, 다른 반쪽도 같이 놀아.

내 친구 무지개

한성민

푸른 하늘 구름 앞에
활짝 핀 무지개

비 온 후 해님이
만들어 준 내 친구

우리는 모두 다 함께
무지개와 파티해.

가을입니다

양하빈

가을이 되면
내 두 눈에
해가 가고 꽃이 핍니다

가을 하늘 파란 도화지
빨간색 물감도 찍고
노란색 물감도 찍고
하얀색 물감이 번졌습니다

찬바람 불고
시린 겨울이 올까 봐
아름다운 가을
당신께 드립니다.

친구

김서진

하얀 하늘을 수놓은
아이의 그림

백마 타고
무지개 그림 다리를 지나
누군가의 하얀 세상에 온 아이

한 인기척에
깨어난
붉은 생명

누군가가 오길 기다리며
그 누군가가
자신의 하얀 세상을
알록달록 채워 주길

아무리 멀리 있어도
날 만나러 오길.

그리움

김서진

눈사람을 만들자
토닥토닥
하나의 눈사람
외로워 보여
하나 더 만들었다

바닷가에 앉은 아이
스르륵
해가 잠들고
강렬함에
녹아 사라진
먼 그날을 바라보며.

고마워

김선재

작고 여린 새싹에
따뜻한 햇빛을 나눠 준 해야
고마워

뜨거운 햇볕 속에
그늘을 만들어 준 나무야
고마워

작은 알맹이를
가시 속에 지켜 주던 밤송아
고마워

이제는 내가 너를 위해
무지개를 만들어 볼게.

가을

김선재

풀들은 분홍빛 꽃을 피우고
나무들은 초록색 잎사귀를 피우던
화려했던 때가 지나고
겨울을 이겨내려 서서히 변한다

분홍빛 꽃들은 초록색 풀이 되고
초록색 잎사귀는 점차 떨어지며
색들을 추위로부터 지켜내기 위해
안전하고 따뜻한 품속에 감춘다.

밤바다

박상후

밤하늘의 작은 점들
고요한 바다를 비추니
어른어른 밤바다에
별빛 길이 생겼다

외로운 빨간 등대
고요한 바다를 비추니
넘실넘실 밤바다로
출항을 시작한다

모두가 잠든 이 밤
꿈은 잠들지 않아
만선의 꿈을 안고 출발하는
멋진 밤바다.

무지개

박상후

슬픈 날
기분이 저조한 날
나의 마음에 비가 오는 날

비 온 다음
무지개가 생기듯이
나의 마음에도
무지개라는 꽃이 필 거라고

그렇게 나는
조그마한 희망을 간직한다.

슬픔과 행복

심재형

쓸쓸히 연을 바라보는 아이
슬픔을 날려 보내려
하늘에 있는 연에게 도움을 청하면

슬픔은 저 멀리 날아가고
행복은 내게로
한 발짝 다가온다.

밤하늘을 밝히는 폭죽

심재형

폭죽은 밤하늘에
밝은 빛을 밝혀 주며 터진다

밤하늘은 폭죽을 바라보며
감사 인사를 전한다

밤하늘의 마음에 대답하며
훨씬 더 밝게 빛난다.

여름 우체통

얇은 구멍 속
가득한 편지들

여름의 열기
여름의 추억
여름의 비
여름의 여행

종이 속에는
온기가 스며들겠지
다가올 누군가를 위해.

문 뒤

내 안에 작은 문
그 문을 열면 보이는 하얀 풍경

그곳에 너와 함께 놀던 추억들도
너와 처음 만났던 그날도
모두 다 그 문 뒤에서 뛰놀고 있다

눈 위에는 우리의 발자국으로 가득 차 있다
힘들었던 시간들은 저 멀리 날아가고
하얀 눈밭에는 새로운 발자국이 남는다.

바닷가에서

나의 기억 속 바닷가에
발자국이 보인다

파도가 밀려오면
나의 추억은
떠내려갈지도 모른다

그래도 슬퍼하진 않는다
넘어져도 다시 나아간다
내가 힘들 때, 우울할 때
진심으로 응원하는
친구가 있으니.

굿 럭

눈앞에 쌓인 회색 안개 사이로
자전거가 지나간다
고지가 보이는데…….
가지를 못한다
포기하지 마! 할 수 있어

노을 사이로 마지막 비행을 한다
도착할 곳은 하늘이다
그동안 수고했고…….
이제 가자

안녕! 굿 럭.

해처럼

임성진

수평선 위로 해가 떠오른다
푸른 바다 뒤로 노을이 진다
언젠가 세상을 밝히는 해처럼

우리는 우리의 삶에
해가 되어야 한다.

사진 한 장

임성진

불빛 따라
날씨 따라
바람 따라

이 기분은
누가 찍었을까?
이 마음은
누가 전해 줬을까?

사진 한 장에
호수의 하얀 구름이
지나간다.

가로등

조정훈

단풍이 부끄럼을 타니
해는 짧아지고

긴팔을 입고
겨울잠을 준비할 때도

외로운 가로등은 밝혀 준다
여전히 우리 길을.

우리만의 노을

김지혜

어울리지 않아 보였던 색들이
한 방울 한 방울 모였다

어색해서 조금씩 다가갔던 색들이
점점 밝게 다가간다

빨강 파랑 노랑
서로의 개성이 모여서
우리만의 노을을 만든다.

이미지를 활용한 시 창작

외로운 날에는 밤하늘 아래에서 누군가를 기다리는 가
로등이 되어 보기도 하고요, 신나는 날에는 민들레 꽃
씨가 되어 하늘을 훨훨 날아가기도 합니다. 사진 한 장
으로 나의 마음을 표현할 한 편의 시를 써 보세요.

내 마음을 시로 표현하기

① 내 마음에 와닿는 사진을 고릅니다.

생각나래 마음카드 60번

② 내 마음을 세 문장 적습니다.

　① 쓸쓸히 연을 바라보는 아이가 있다.

　② 슬픔을 날려 보내려 한다.

　③ 하늘에 있는 연에게 도움을 청한다.

③ 내가 하고 싶은 말을 적습니다.

　슬픔은 저 멀리 날아가고

　행복은 내게로 한 발짝 다가오면 좋겠다.

④ 연결해서 적어 봅니다.

쓸쓸히 연을 바라보는 아이가 있다.
슬픔을 날려 보내려 한다.
하늘에 있는 연에게 도움을 청한다.

슬픔은 저 멀리 날아가고
행복은 내게로 한 발짝 다가오면 좋겠다.

⑤ 소리 내서 읽으며 스스로 고쳐 봅니다.

Tip 시는 재미난 놀이예요.

-행(줄)과 연(덩어리)을 만들어 보세요.
-서술어를 일치시키세요.
예) ~요. ~합니다. ~다.
-서술어를 현재형으로 바꾸어 보세요. 시가 세련되어집니다.
-지워도 괜찮다면 삭제해 보세요. 간결한 시어가 됩니다.

⑥ 제목을 지어 보세요.

Tip

제목은 마지막에 지어도 좋습니다. 시를 적고 가장 마음에 드는 시어나, 전체 내용을 포함한 구체적인 시어가 좋아요.
예) 가을 → 가을의 마음

7 시가 완성되었습니다.

슬픔과 행복

심재형

쓸쓸히 연을 바라보는 아이
슬픔을 날려 보내려
하늘에 있는 연에게 도움을 청하면

슬픔은 저 멀리 날아가고
행복은 내게로
한 발짝 다가온다.

이미지를 활용한 시 창작 2 _____

1 사진을 세 장 고릅니다.

예) 과거, 현재, 미래 또는 마음에 드는 사진

생각나래 마음카드 2번, 38번, 27번

② 한 장의 사진으로 세 문장을 적습니다. (내용 두 문장, 마음 한 문장)

① 필까 말까 망설인다. 분홍 목련 꽃봉오리가 피려고 한다. 세상에서 가장 환한 미소의 너.

② 무지개 타고 하늘로 올라가는 비눗방울. 너의 꿈이 담겨 있다. 그래서 더 소중하다.

③ 가을 햇살 아래 소원탑을 쌓는다. 조심히 쌓아 올린다. 너의 소원이 이루어지길.

③ 3연의 시를 만들어 보세요.

Tip

-꼭 사진 세 장을 고르지 않아도 됩니다. 사진 두 장으로 2연을 적고, 내 마음으로 1연을 적어도 괜찮아요.

-꼭 세 문장이 아니어도 됩니다. 세 문장인 이유는 학생들이 부담이 없는 문장이기 때문이에요.

-꼭 3연이 아니어도 됩니다. 학생들에게 연에 대해 지도하기 위해서 사진 한 장을 1연으로 표현하게 한 것인데요. 여러 번 시를 써 보면 아이들 스스로 행과 연을 만들 수 있습니다.

④ 시를 적고 고치며 완성해 보세요.

필까 말까 망설이는
분홍 목련 꽃봉오리

세상에서 가장 환한 미소의
너라는 걸

무지개 타고
하늘로 올라가는 비눗방울
너의 꿈이 담겨
더 소중한 걸

가을 햇살 아래
조심이 쌓아올리는 소원탑
너의 소원이 이루어지길

Tip

시를 첨삭할 때는 소리 내서 읽어 보세요. 읽다가 조사나 서술어에서 어색한 부분이 있으면 고쳐 보세요. 그리고 머릿속으로 이미지를 그려 보세요.

3부

봄은 겨울에서 온다

콜라주를 활용한 시

　좋은 시를 함께 읽고, 내 마음에 와닿는 시어를 모아 봅니다. 그 시어들을 가지고 나만의 세상을 표현해 봅니다. 이리저리 시어들을 가지고 요리조리 움직이며 행과 연을 만들어 봅니다. 재미있게 놀다 보면 어느새 한 편의 시를 읽으며 웃고 있는 나를 발견할 수 있습니다.

가을 축제

김대현

해질녘 시작되는
설레는 가을 축제
어떤 손님이 올까?

붉은색 노란색 그리고 갈색
알록달록 한껏 멋부린 손님들

초대장을 받은 잠자리는
어떤 옷으로 갈아입을까?

봄이 다가옵니다

김도연

하얀 눈이
녹기를 기다리는
꽃씨

흐르는 물소리
바위틈에 숨죽여 있던
꽃 한 송이 피어납니다

사람들이
예쁘다고 하는 소리 들으면
꽃들은 살랑살랑
춤을 춥니다.

엄마의 품속

문서진

여름은 환해지고
넓고 푸른 바다로 떠내려간다
바다를 헤매는 돛단배
바람 가득 바닷가를 항해한다

다시 알지
그곳은
엄마의 무릎이란 걸.

나는

서도연

마음 깊은 곳의 항구를 찾아
어두운 바다를 끊임없이 떠다니며
고요한 하늘 아래에
나침반도 없이 나아간다

나는
바람도 태풍도 모른 채
항해하는 두려움이었다.

여름 소원

최민권

돌아가고 싶다
시원한 여름 속으로

다시 한번 가고 싶다
물장구를 쳤던
그 울창한 계곡 속으로

아름답다고 말하던
여름 바다로

그 여름으로 돌아가고 싶다.

봄은 겨울에서 온다

한성민

어린 꽃나무가 자라서
꽃을 보려면
꽃씨 속에 숨어 있는 잎을 보려면

꽃 한 송이 피어나 따뜻하기를
고요히 눈이 녹기를 기다려라

봄은 겨울에서 온다.

햇살의 푸른 바다

양하빈

긴 장마 끝 여름 한낮
뜨거운 햇살 속으로 온다

푸른 물살에
설레는 여름 바다

머나먼 항해 바람 가득
행복이 내게로 온다.

여름이었다

뜨거운 폭양 속 그 시냇물
파랗게 솟아올라

여름 한낮 꿈에서는
푸른 바다가 휘어지고

숲속의 땅은
자신을 열어 눈부신 날에
땅을 비춘다.

채색

김서진

바다보다 더 푸른
가을 하늘

무지개보다 더 화려한
가을 나무

세상이라는 이름의
도화지에

계절이라는
붓에 담긴

가을.

항해

김서진

스르르 잠이 든
여름 한낮
바람 가득 흰 돛에 달고
머나먼 항해를 하는
돛단배

행복한 마음에
푸른 하늘
환해지고

어디선가
간질이던 바람
잠이 깨니
넓고 푸른 바다

붉은 돛을 펼친다
꿈을 향해.

여름의 노래

김선재

어느 한 무더운 여름
온 세상 소리 모여
여름의 노랫소리 울려 퍼진다

오랫동안 준비해 온 매미의
짝짓기를 위한 울음소리도
잠이 안 오는 모기의
시끄러운 날갯소리도

여러 소리 합쳐
여름만이 낼 수 있는
특별한 노랫소리
조용한 세상 속 울려 퍼진다.

가을 구름

박상후

가을 하늘 파아란 도화지 위로
두둥실 지나가는 가을 구름아

잠자리도 만나고
도토리도 줍고
코스모스와 춤추는 가을 구름아

천천히 지나가라
겨울은 춥단다.

나를 반겨 주는 것들

심재형

구름과 꽃 사이를 걷고
꽃들이 나를 반긴다

구름은 더 하얗게 반기고
하늘도 밝아지며 반겨준다

꽃들이 서서히 핀다
꽃이 행복한 나를 뒤따라주길.

흩날린 겨울

위지연

천천히 내려앉았던 겨울
매서운 공기 속에서
얼음 결정이 되어

하늘에서 흩뿌려진
가볍고도 차가운 겨울

이번의 겨울은 차갑지만
언젠가 녹아 주기에
내일은 괜찮을 거야.

여름의 숲

이가은

행복이 흐르고
아름다운 너의 영혼이 흐르고 있어

너의 물장구 소리 웃는 소리
너는 여름 숲 노래가 되어
내 귓가에 흐르고 있어

너에게 가고 싶어
사랑하는 네가 있는 곳.

가을의 마음

이가은

알록달록 예쁜 물방울
노랑 물방울 은행잎
빨강 물방울 단풍잎

가을은 가을빛
보석을 만든다.

조가비

이준수

사랑하는 조가비를 모으는 걸
좋아하는 젊은 선원이 있다

여기서 하나 저기서 하나
항해를 하다 보면 끝없이 생기는

작고 소중한 조가비.

엄마의 돛단배

엄마의 돛단배가
꽃을 따라 떠내려가면

바람은 매미 울음에
초록빛 돛을 단다

차오르는 마음은
출렁출렁 숲이 된다.

여름

조정훈

뜨거운 태양
숲속에 드니
초록빛 물이 든다

넓고 푸른 바다
골짜기 그늘 이끼 푸르고
꽃의 마음이 붉게 물든다.

봄이 오기를

김지혜

눈부신 햇살의 가벼운 발걸음과
살랑살랑 불어오는 바람의 콧노래가
겨울의 가슴이 따뜻해지기를 기다립니다

어린 꽃나무의
분홍 꽃 한 송이가 피어나기를
햇살과 바람이 기다립니다.

콜라주를 활용한 시 창작

콜라주는 오리고 붙이는 활동을 의미해요. 콜라주 기법
을 활용하여 시를 창작하면 참신한 시어를 활용할 수
있어서 멋진 시가 탄생합니다.

1️⃣ 계절에 관련된 시를 3~6편 정도 함께 읽습니다.

　콜라주는 모방이 아닌 시어를 채집하는 과정이고, 내가 평소에 사용하지 않는 단어에 대해 영감을 얻기 위한 활동입니다.

2️⃣ 읽으면서 행과 연에 대해 지도를 합니다.

　학생들은 행과 연에 대해 잘 모를 수 있어요. 글을 쓸 때 문단을 나누며 생각을 구조화하듯, 시도 행과 연을 나누어 나의 마음과 생각을 독자에게 잘 전달해야 한다는 것을 알려 줍니다.

3️⃣ 마음에 드는 시어를 많이 오립니다.

4️⃣ 요리조리 바꿔가며 시 놀이를 합니다.

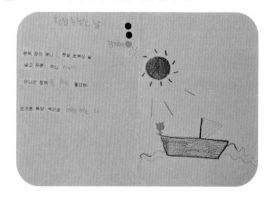

⑤ 소리 내서 낭송하며 고쳐 봅니다.

Tip

① 여러 편의 시에서 골고루 시어를 오립니다.

　(시 한 편에 3~4개)

② 가능한 한 문장이 아닌 단어를 오립니다. 문장으로 오리면
　그대로 사용할 수 있기 때문이에요.

③ 쓰고 싶은 시어는 연필로 직접 씁니다.

햇살 눈부신 날

김지혜

문득 잠이 깨니 햇살 눈부신 날

넓고 푸른 바다에서

머나먼 항해를 하는 돛단배

뜨거운 여름 속으로 여행하는 나.

장점

1. 누구나 쉽고 재미있게 시를 쓸 수 있습니다.

2. 행과 연의 형식을 자연스럽게 익힐 수 있습니다.

3. 좋은 시어들로 시 창작을 했기에 완성도 있는 시를 창작할
　수 있습니다.

주의할 점

1. 콜라주 시 창작은 간식처럼 가끔 합니다. 시의 흥미를 갖게 하기 위한 활용이에요.

2. 다른 작품의 시를 활용할 경우, 표절에 대한 지도를 꼭 함께 해 주세요.

4부

가을 손님

붉은 단풍잎이 떨어지는 날, 시원한 바람에 문득 외로운 날, 파
란 하늘을 보니 누군가가 그리운 날. 가을은 시가 우리에게 찾아
오는 계절입니다. 그래서일까요? 작은 시인들의 주인공을 보면
가을이 많아요.

가을 신호등

김대현

초록색 단풍이
붉은 노을로 물들었다

초록색 은행잎이
노란 햇빛으로 물들었다

가을 하늘을 보니
붉은색, 노란색, 초록색으로 물들었다

가을 신호등
잠시 멈춰 있으면 좋겠다.

가을 손님

김도연

어떤 손님이 찾아올까요?
떼떼굴 도토리 손님
두둥실 가을 하늘
구름 엄마 구름 아빠
느릿느릿 잠자리 손님
노란색 빨간색 알록달록 예쁜 나무

풀벌레 손님이 왔다고 합창하네요
쉬리리 뀌리리 삐리리락 삐리리락
가을 나무 둥리리 둥리 춤을 춰요.

가을 소풍

김도연

가을이 소풍을 가네
룰루랄라
빨강, 노랑, 초록, 갈색 길로
놀러 간다

사색 단풍으로 우리 동네
예쁘게 물들이는
가을 엄마.

사이다

노하율

찌르찌르
무더운 여름 소리
쨍쨍
태양이 화내는 더위

탁 펑
시원하게 캔 따는 소리
쏴아쏴아
듣기만 해도 좋은 소리

탁 펑 쏴아아
시원한 뚜껑 따는 소리
시원하게 퍼지는
사이다 소리

꼴깍 꼴깍
한 모금만 마셔도
여름은 바다만큼 시원해진다.

우주

문서진

창백한 모래 위에서
드넓은 우주를 꿈꾸는 당신

드넓은 우주는 푸른 지구를 품고
푸른 지구는 당신을 품는다

서로를 꿈꾸고 품는 세상은
별들처럼 아름다워진다.

성탄절

문서진

기다리고 기다리던 성탄절 전날 밤
성탄절 산타 할아버지 우리 집에 오실까?
어떤 선물을 나에게 주실까?

오늘은 기다리고 기다리던 성탄절
반짝반짝 트리가 선물을 숨겼다
선물 상자가 웃으며 빼꼼빼꼼 나온다.

학원

서도연

무겁게 열었다가
가볍게 닫는다

한번 발을 디디면
쉽게
나갈 수는 없다.

도토리

데굴데굴 도토리
초대장 받은 도토리
황금빛으로 물들인다
외투와 모자
이슬로 적시고
단풍잎 맞이하러 간다

나무에서 한숨 돌리고
단풍잎 집에 도착하니
벌써 하늘이 노랗게
물들었다.

하늘과 내 마음

한성민

해와 달이 번갈아 가며 오가고
구름이 몽실몽실 떠 있는 하늘

어느 날은 비가 주르륵
그땐 내 마음도 주르륵

하늘에 따라 바뀌는 내 마음
항상 행복하고 싶어.

물들었네

양하빈

가을이 사라졌다
여름이 지나면
나무가 물드는데

왜 나무 대신
추위가 세상을 물들일까

난 나무가 물들면
좋겠는데.

가을 저녁의 하늘

양하빈

뜨거웠던 여름이 지나
시원해진 가을의 바람

불타던 여름의 땅을 밟던 나는
선선한 가을의 땅을 밟고

탁 트인 가을 저녁의 하늘은
더웠던 나를 식혀 주네.

변덕쟁이 가을

김서진

가을은 변덕쟁이

싱그러운 나뭇잎을
제 맘대로 물들이고

청량한 여름날을
추운 겨울로 바꿔

가을은 변덕쟁이.

연필

김선재

오늘은 첫 시험 날이야
나는 오늘도 답을 썼어
뭔가 아닌 것 같은 게 몇 개 있었어
쓱싹쓱싹 지우개로 지우고 답을 고쳤어

시험이 끝나고 집으로 돌아왔어
어디서 절망의 소리가 들리는 것 같아
오답 노트를 쓰기 위해 채점한 시험지를 봤어
맞은 답만 고쳤구나
에잇.

가을

박상후

하늘이 높아지는
노을이 붉어지는
나뭇잎이 알록달록 물드는
낙엽이 떨어지는
풍경이 아름다워지는
감수성이 풍부해지는

그런
내가 돌아왔다.

가을을 보내며

심재형

네가 와야지만 볼 수 있는 단풍
너에게만 느낄 수 있는 상쾌한 바람

너를 보내는 것은 어렵지만
너를 응원하는 마음으로 잠시 보내 준다

일 년 뒤에 더 좋고 아름다운 네가
다시 와 주기를 바라며.

모두의 빛

위지연

빛은 하늘을 물들인다
붉은색으로, 노란색으로
그리고 모두를 비춘다

언젠가
모든 하늘이 빛나고
모든 마음을 비추면
그림자조차도 밝아지려나

모두를,
모두의 하늘을 비추면
빛이 비춰 주면
빛만이 남는다.

가을의 속삭임

살랑이는 나뭇가지
매달린 단풍이
우리에게 보내는 것들

언젠가 가을 전체가
모든 바람도 모든 소리도
들어 보라고 속삭인다

가을은 우리에게
계속해서 다가오겠지만
알아볼 수 없었다.

물감

나는 오늘도
붓의 도움으로
쓱싹쓱싹 그림을
그린다

바다도 그리고
숲도 그리고

나는 오늘도
뭘 그릴지
생각을 한다

붓은 내 맘을 알까?

가을

이준수

할 일 못다 한 여름 뒤에서
가을은 단풍 보며 뛰어놉니다

덥지도 않고 춥지도 않은 가을바람은
잊혀진 여름과 오지 않은 겨울을
얄밉게 합니다

"빨리 좀 와!"
겨울이 애타게 기다립니다.

빛

임성진

수많은 빛을 쏟아 내는 하늘
그 아래 있는 너
겉으로 웃지도 울지도 않는 너는
무엇을 위해 걷고 있니

하나둘 올라가는 그 높은 희망 아래
덮어 버린 감정을 현실로 감추는
웃음 속 울음이 있는 너는
이러한 빛을 바라는 것이니

우산 대신 가면을 쓰고
비 아래를 걸어가는 너
약해지지 않기 위해 길을 가는 너는
어디를 가야 곱게 접었던 편지를 읽을 수 있니.

단풍잎

조정훈

파란색으로 물든 가을 하늘
하얀색 구름이 번졌다
푸른 가을 하늘
누가 하늘에 색칠해 놓았나?

가을 햇살 접어 보낸
초대장 받고
풀벌레들 노래한다.

외로운 봄

조정훈

춥고 외로운
겨울은 가고

사랑이 싹트는
봄이 왔는데

이게 뭐야
또 나만 혼자네.

시험

김지혜

느리게 가던 시간이
왜 이렇게 빨리 가는지

내가 잘 알고 있던 것들이
왜 갑자기 떠오르지 않는지

자신감 넘쳤던 과거의 내가
왜 미워지기 시작하는지.

투사 기법을 활용한 시 창작

투사는 그 대상이 되어 보는 거예요. 어떻게 시를 써야
할지 막막할 때 투사 기법을 활용하여 시를 써 보세요.

　가을, 학생들과 함께 공원에 나갑니다. 떨어진 낙엽, 아직 나무에 꼭 붙어 있는 단풍잎, 왠지 쓸쓸해 보이는 벤치, 그 옆에 있는 가로등이 되어 보세요.

1 공원에 떨어진 도토리가 되어 봅니다.

2 도토리 입장에서 하루를 상상해 봅니다.

3 자신이 도토리인 것은 살짝 감추세요.

4 제목은 도토리로 써도 좋고, 다른 제목을 써도 좋아요.

도토리

한성민

외투와 모자
이슬로 적시고
단풍잎 맞이하러 간다

나무에서 한숨 돌리고
단풍잎 집에 도착하니
벌써 하늘이 노랗게
물들었다.

Tip

처음 시상을 잡을 때 어느 대상이 되어 보는 것은 시를 쉽게 쓰도록 도와줍니다.

투사 기법은 첨삭을 하는 과정에서 새로운 시로 탄생되기도 합니다. 처음에는 투사 기법으로 시작했지만, 시인들의 마음을 반영하여 또 다른 시로 창작됩니다.

단풍잎이 되어 시상을 전개한 꼬마 시인의 시를 한 편 더 소개할게요.

단풍잎

조수빈

오늘도 나는
기다란 막대에
대롱대롱

살랑살랑 바람이 불면
떨어질까
조마조마

불그스름한 나를
떨어뜨리지 마!

5부
나는 어둡지 않아

시조

　　사진 한 장만 있으면 작은 시인들은 시조를 뚝딱 씁니다. 학교에서 시조를 배울 때 초장, 중장, 종장, 3장 6구 12음보를 암기하나요? 이제 작은 시인들과 함께 직접 시조를 써 봐요.

성탄절

김대현

우리가 좋아하는 즐거운 성탄절
반짝이는 전구가 우리들을 안내하네
우리의 크리스마스 어떤 선물 주실까.

여름

김도연

여름엔 시원한 수박이 맛이 있네
맛있게 먹으니 배가 불러 누웠네
수박은 농부들에겐 맛있는 점심 식사

수박은 군인 옷처럼 초록색에 검은 줄
수박은 속살이 부끄러워 빨간색
수박은 부끄러워서 주근깨가 나오네.

하얀 꽃

문서진

들판에서 피어나는
새로운 하얀 꽃

먹구름 아래서
나 홀로 자라난다

나 혼자 피어나는 게
너무나도 힘들다.

마지막 나뭇잎

최민권

마지막 나뭇잎이
떨어질 준비한다

모두들 떠났어도
가기 싫은 나뭇잎

너는 꼭 이별이 싫은
친구와 나 같다.

길고양이의 하루

고양이가 길에서 살금살금 다닌다
음식을 찾으러 힘없이 가고 있다
오늘은 음식 훔치기 실패했다 꼬르륵.

학교생활

한성민

떨리고 설레는 학교에 들어가면
친구와 사귀고 같이 놀고 우정 쌓는
학교는 부담스러운 기분이 없어진다

가끔씩 친구와 다투고 싸워도
친구와 우정이 쌓이는 학교에서
즐겁게 놀고 떠들던 학교를 마친다.

낯선 집

김서진

새로운 친구에게 초대를 받은 나
그 친구 집 문 앞에 처음으로 왔는데
내 맘이 떨리고 있다 두드린다 똑똑똑.

나는 어둡지 않아

김선재

모두가 빛나는데 왜 나는 어두울까
세상이 빛나는데 왜 나만 어두울까
나만이 세상을 검게 물들이는 것일까

나 혼자 좌절할 때 보이는 작은 불빛
하나둘 불빛들이 모이니 환해졌다
빛나고 어두운 건 나 자신이 만들어 낸다.

새봄

김선재

뜨거운 뙤약볕과 차가운 눈보라 후
더위는 따뜻하게 추위는 시원하게
오늘도 생명이 피는 첫 새봄이 깃든다

텅텅 빈 나무에겐 아름다운 벚꽃들을
색 없는 꽃에게는 멋있는 색깔들을
백지의 모든 세상에 무지개를 채운다.

비행기의 여행

심재형

신나게 비행기가 하늘을 여행한다
하늘은 비행기를 보면서 얘기한다
즐겁고 흥미진진한 여행들을 다녀와

활기찬 비행기는 웃으며 끄덕인다
행복한 비행기는 여행을 하러 간다
파란 꿈 구름을 지나 날아간다 저멀리.

특별한 존재

조정훈

수많은 촛불 중
하나의 촛불이
특별히 빛나면서
어두운 내 앞길을
환하게 밝히고 있다

더 빛나는 붉은 촛불.

힘내라 끝까지

힘내라 힘내라 신나는 운동회 날
친구와 다 같이 발맞춰서 연습하고
끝까지 응원받으며 힘차게 달린다.

시조

중학교에 올라가면 시조를 배웁니다. 시조는 정형시
로 형식이 정해져 있어요. 그래서 처음 시조를 접하
면 어렵게 느껴집니다. 하지만 직접 시조를 써 본 친
구들은 시조를 암기하는 것이 아니라 이해하며 감상
하며 읽습니다.

  시조는 퍼즐 놀이와 같습니다. 처음 퍼즐을 맞출 때, 과연 맞출 수 있을까? 고민하지요? 오랜 시간과 정성을 들여 퍼즐이 완성된 순간의 기쁨이란……. 그 후 몇 번을 더 맞추고 나면 이보다 쉬운 놀이가 없습니다.

① 시조의 형식을 배웁니다.

  시조는 고려 말에 만들어진 우리 정형시

  초장, 중장, 종장의 3장

  3장 6구 12음보

  글자수 3434 / 3434 / 3543

  마지막 종장의 첫 음보는 반드시 3글자.

② 마음에 드는 사진을 고릅니다.

생각나래 마음카드 42번

③ 사진을 눈에 그리듯 문장을 적어 봅니다.

수많은 촛불 중 하나의 촛불이 빛난다.
특별히 더 빛나는 것 같다.
어두운 내 앞길을 환하게 밝혀 주고 있다.
붉은 촛불이 더 빛난다.

Tip

시조를 쓸 때는 여러 문장을 적어 보는 것이 좋습니다. 왜냐하면 글자 수에 맞는 감각 있는 시어를 채집하기 위해서예요.

④ 12칸을 그리고 숫자를 적습니다. (숫자는 글자 수)

3	4	3	4
3	4	3	4
3	5~7	4	3

⑤ 내가 적은 문장들을 시조로 완성해 봅니다.

초장	3 수많은	4 촛불 중	3 하나의	4 촛불이
중장	3 특별히	4 빛나면서	3 어두운	4 내 앞길을
종장	3 환하게	5~7 밝히고 있다	4 더 빛나는	3 붉은 촛불

Tip

① 사진을 이용하여 쓴 문장들을 자유시로도 만들어 보고, 시조로도 만들어 보세요.

② 시조는 반드시 형식을 정확하게 맞춰야 합니다. 한 덩어리를 1수라 합니다. (자유시에서는 연이라고 했죠?)

③ 3장이 두 번 나오면 2수가 되겠군요.

④ 3 또는 4글자 모두 가능해요. 하지만 종장의 첫 음보는 반드시 3글자여야 해요.

⑥ 행을 바꾸면 또 다른 느낌의 시조가 됩니다.

특별한 존재

조정훈

수많은 촛불 중
하나의 촛불이
특별히 빛나면서
어두운 내 앞길을
환하게 밝히고 있다

더 빛나는 붉은 촛불

6부

비의 이야기

자유시

   시를 쓰는 방법이 정해져 있나요? 내 마음을 시로 표현하고 싶을 때 적으면 됩니다.

   마음을 열고 주위를 바라보세요. 모두 시의 소재가 될 수 있어요. 시는 늘 우리 곁에 가까이 있어요.

아침

김도연

아침 이슬
나뭇잎 위에서
놀고

새들 배고파
힘차게 짹짹
울어댄다

아침 해는
쨍쨍
바람을 타고
더위가 사라진다

저녁노을
바닷가에 비추면
자기 모습에 놀라
바다 너머로 도망간다.

내 친구

내 친구
나는 내 친구와 달라
나는 작고 친구는 커
하지만 우리는 친구

나는 친구와 달라
친구는 체육을 좋아하고
나는 국어를 좋아해
하지만 우리는 친구

나는 친구와 달라
나는 왼쪽으로 가고 싶고
내 친구는 오른쪽으로 가고 싶어
하지만 우리는 친구.

친구야

노하율

친구야
너는 기억하니
이 추억의 거리를
너와 내가 함께
추억 한마디 한마디를
땅속에
새기며 걷던
이 거리를

친구야
혹시 기억하니
이 가을 단풍의 거리를
빨간 단풍을 보며
색색의 단풍잎 이야기를 들려주던
이 거리를

친구야
아직 기억하니
이 가을의 거리를

불 켜진 공원 길 따라
가을 저녁 찬바람도 이겨내며
서로 소중한 기억을 남겼던
이 거리를

친구야
꼭 기억해 줄래
너와 걷고 싶었지만
너는 없는
우리가 함께 남긴
추억 길 따라
너를 추억하며
이 거리를.

봄

씩씩하게 인사하고 버스를 타는 유치원생들
교복을 차려입고 중학교에 들어가는 형들

나에게는 학교 가는 계절
엄마 아빠에게는 일이 바빠지는 계절

진달래가 생글생글 피어나는 계절
개나리가 파릇파릇 피어나는 계절
벚꽃이 하늘하늘 흩날리는 계절
봄
봄
봄.

낙엽

문서진

맑은 하늘 아래에서
쌀쌀한 바람을 타면서
소식을 전하러 오는 낙엽들
가을이라는 친구와
함께 날아다니는 낙엽들

가을 계절 앞에서
가을 시간 앞에서
낙엽과 함께
날아다니는 나의 마음.

캠핑

서도연

갈색 털 이끼에
동생이랑 첨벙!

뜨거운 고기는
입안에서 돌돌

새까만 밤 별처럼
빛나는 장작

마시멜로만큼이나
달콤한 시간.

동생

서도연

동생은 낙엽 같다
푸르렀다가
금방금방 붉어진다

동생은 낙엽 같다
붙어 있다가
금방금방 떨어진다.

엄마

최민권

우리 엄마는 우리가 놀 때
바라보는 CCTV
어디선가 늘 바라보며 지키는

우리 엄마는 등대
나에게 밝은 빛을 내주는
가끔은 꺼져도 날 찾아 비춰 주는.

점프

봄에는 새해의 시작으로 점프
여름에는 더움을 식혀 주는 물속으로 점프
가을에는 떨어진 낙엽들이 뭉쳐진 곳으로 점프
겨울에는 심심함을 달래 주는 눈 속으로 점프
사계절 내내 점프하니 내 마음 더 높이 점프.

가을, 겨울, 그리고 봄

양하빈

세상이 하얀 물감으로 물든다
붉은 물감과 노란 물감은 덮히고
하얀색이 그 위를 덮는다

그 하얀 물감 위에는
하얀색 사람과
사람들의 발자국이 그려진다

하얀 물감이 녹아 없어지면
핑크빛 물감이
세상을 덮는다.

나무 옆 나무

양하빈

나무 옆 나무
언제부터 함께였을까?
같이 자라고
때론 그늘이
때론 우산이 되어 주며
자랐겠지

서로의 꽃을 보며
함께 겨울을 견디며
아름다움을 잎 속에 추억하는
나무 옆 나무.

걱정

걱정은 아빠만 하는 것이 아니다.
일하시다가 다치실까 봐
친구들과 술 드시다가 코로나 걸릴까 봐
나도 아빠 걱정을 한다

걱정은 엄마만 하는 것이 아니다
너무 늦게 주무시고
커피를 너무 많이 마셔
건강이 나빠질까 봐
나도 엄마 걱정을 한다

그런데 내 동생은
공부도 잘하고
킥복싱도 배우고
나한테 함부로 대해서
걱정을 안 해도 될 것 같다.

햇빛은

심재형

두 아이들은 햇빛을 보러 오고
햇빛은 반기며 환히 웃는다

행복이란 단어를 찾는 아이들을
햇빛은 응원하며
아이들의 길을 밝혀 준다

아이들과 햇빛은 서로를
의지하며 응원한다.

바람 속 메아리

위지연

바람은 메아리를 실어다 주고
시간은 메아리가 울리게 한다

바람이 멈추어 설 수 있다면
시간이 거스를 수 있다면

내 옆을 지나가는 무언가는
먼 시간의 메아리일까.

유리구슬 바다

위지연

유리구슬 속에
펼쳐진 바다

파도를 담았을까
산호를 심어 놨을까
물고기도 헤엄칠까

잠시만 들여다 본다면
파도를 느낄 수 있을 텐데

잠시만 손을 가져가 보면
산호들이 만져질 텐데

비의 이야기

쏴아— 비가 내린다
서늘한 빗줄기는
나를 기분 좋게 만든다
비는 나와 재잘재잘 이야기를 한다

첨벙첨벙거리면서
나에게 다정하게 오는 친구
나는 친구를 보며 환하게 웃는다.

개학

어느덧 개학이 찾아왔다
방학은 어찌 이리 빠른 것인가
학교생활도 이렇게 빨리 흐르면
누가 뭐라 해도
내 마음은 하늘 위에

교실에 들어가자마자
친구들이 떠드는 소리가 들린다
너무 시끄러워 귀를 막고 있지만
어느새 나도 같이 떠들고 있다.

타이밍

이준수

만남과 이별에 시간이 있는 것처럼
기쁨과 슬픔에 순간이 있는 것처럼

인생에 타이밍이 있다

어느 순간엔 함께 희열을
어느 순간엔 함께 비극을

인생엔 타이밍이 있다.

생일 축하

이준수

3초 2초 1초 우와
오늘은 일 년에 한 번 뿐인 생일이다
12시가 되자 핸드폰이 울린다
카톡! 징징! 띠링! 친구들이 축하해 준다

고맙다고 말해 주고 이제 학교를 간다
교실을 들어가니 친구들이 기다린다
축하 파티라도 했나 내심 기대했지만
생일 장난이 기다리고 있었다.

포기하지 않아

임성진

어둠으로 가득 차 있는

마음을 햇불로 밝힌다

불가능이 없다고 생각하며

자신의 미래로 간다.

미술 시간

앞에서는 쓱쓱쓱
뒤에서는 싹싹싹

다른 종이 채워지는데
내 종이만 비어 있네
가슴이 콩닥콩닥

얄미운 시계 소리
천천히 흘러가라
생각하다 끝나는
눈치 게임 미술 시간.

활짝 핀다

조정훈

활짝 피어 있는 분홍꽃
오기만을 기다린다 곤충들이

지나가던 벌이 속삭인다
"항상 꿀을 줘서 고마워"

꽃은 더 활짝 핀다.

오늘도 나는

하나씩 쌓였던
부러움이라는 돌멩이는
어느새 탑을 쌓았고

그것을 무너뜨려 줄 바람은
어디서 불어오는가

주변을 둘러볼수록
돌멩이는 쌓여 가는데
나는 무너져 간다

멀어져 가는 거리만큼
오늘도 나는 무너져 가기에

너의 빛이 보이길
바람 한 점 내려오길.

그 밤

김지혜

흘러가는 것의 먹먹함
번지고 번지고 번지다가
또 하나의 구멍을 만들어 낸 오늘

자꾸 스쳐 가던 그 바람이
오늘은 그냥 지나치지 않습니다

바람도 많이 추운 걸까요
나의 온기 속에서
쉬어 가고 싶은 걸까요

당신과 조금 더
걷고 싶은 밤입니다.